灼华诗丛

U0609074

麦豆 著

幼儿园门口的栅栏

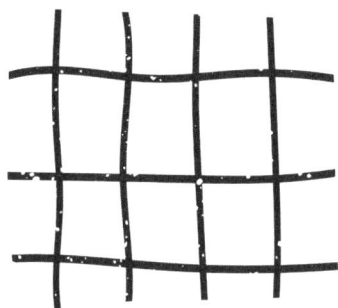

陕西新华出版

太白文艺出版社·西安

图书在版编目（CIP）数据

幼儿园门口的栅栏 / 麦豆著. -- 西安：太白文艺
出版社, 2022.3（2023.6重印）
　　（灼华诗丛）
　　ISBN 978-7-5513-2108-2

Ⅰ.①幼… Ⅱ.①麦… Ⅲ.①诗集－中国－当代
Ⅳ.①I227

中国版本图书馆CIP数据核字(2022)第037481号

幼儿园门口的栅栏
YOUERYUAN MENKOU DE ZHALAN

作　　者	麦　豆	
责任编辑	赵甲思	
封面设计	郑江迪	
版式设计	建明文化	
出版发行	太白文艺出版社	
经　　销	新华书店	
印　　刷	三河市同力彩印有限公司	
开　　本	889mm×1194mm　1/32	
字　　数	87千字	
印　　张	6.25	
版　　次	2022年3月第1版	
印　　次	2023年6月第2次印刷	
书　　号	ISBN 978-7-5513-2108-2	
定　　价	45.00元	

诗人给了世界新的开始

——"灼华诗丛"八位诗人读记

◎霍俊明

由"灼华"一词，人们可能首先想到的是《诗经》中的那首诗，想到四季轮回的初始和人生美妙的时光。太白文艺出版社"灼华诗丛"的编选目的和标准都很明确，即入选的诗人大抵处于精力旺盛的阶段且写作已经显现个人风格或局部特征。平心而论，我更为看重的是当代诗人的精神肖像，"持续地／毫无保留地写／塑造并完成／我在这个世界中的独立形象"（马泽平：《我为什么要选择写诗》）。对于马泽平、杨碧薇、麦豆、熊曼、康雪、林珊、李壮和高璨这八位诗人而言，他们的话语方式甚至生活态度都有着极其明显的差异，但总是那些具有"精神肖像"和"精神重力"的话语方式更能让我会心。正如谢默斯·希尼所直陈的那样："我写诗／是为了看清自己，使黑暗发出回声。"（《个人的诗泉》）由此生发出来的诗歌就具有了精神剖析和自我指示的功能，这再一次显现了诗人对自我肖像以及时间渊薮的剖析、审视能力。自觉的写作者总会一次次回到这个最初的问题——为何写作？我一直相信，真正的写作会带动或打开更多的可能性，而诗人给了世界新的开始。这样的诗歌发声方式更类似于精神和生命意义上的"托付"，恰如谢默斯·希尼所说的，使"普通事物的味道变得新鲜"。

几年前读露易丝·格丽克的诗的时候，给我印象最深的一句是"总是太多，然后又太少"。诗人面对当下境遇和终极问题说话，并不是说得越多越好，相比而言说话的方式和效力更为重要。由此，真正被诗神选中和眷顾的永远都不可能是多数。

马泽平的诗让我们看到了频繁转换的生活空间和行走景观，当然还有他的脐带式的记忆根据地"上湾"。在米歇尔·福柯看来，20世纪是一个空间的时代，而随着空间转向以及"地方性知识"的逐渐弱化，在世界性的命题面前人们不得不将目光越来越多地投注到"环境""地域"和"空间"之上……

我这样理解关于一个地名的隐秘史
它有苍茫的一面：春分之后的黄沙总会漫过南坡
坟地
也有悲悯的一面：
接纳富贵，也不拒绝贫穷，它使乌鸦和喜鹊
同时在一棵白杨的最高处栖身

这几句出自马泽平的《上湾笔记》。"上湾"作为精神空间和现实空间的融合体，再一次使诗歌回到了空间状态。这里既有日常景观、城市景观、自然景观以及地方景观，又有一个观察者特有的取景框和观看方式。诗歌空间中的马泽平大抵是宽容和悲悯的，是不急不缓而又暗藏时间利器的。他总是在人世和时间的河流中留下那些已然磨亮的芒刺。它们并不针对这个外部的世界，而是指向精神渊薮和语言处境。就马泽平的语调和词语容量来说，我又看到了一个人的阅读史，他也时时怀着与诗人和哲学家"对话"和"致敬"的冲动。这再次印证了诗歌是需要真正意义上的命运伙伴和灵魂知己的，"一个人和另一个人／有了同样的生辰"（《一个和另一个》）。

　　杨碧薇出生于滇东北昭通，但是因为城市生活经验的缘故，她的诗反倒与一般意义上的"昭通诗群"和"云南诗人"有所区别，也与很多云南诗人的山地经验和乡村视角区别开来。这一区别的产生与其经验、性格、异想方式乃至诗歌和艺术趣味都密切关联。杨碧薇是一个在现实生活版图中流动性比较强的人，这种流动性也对应于她不同空间的写作。从云南到广西，到海南，再到北京，这种液体式的流动和开放状态对于诗歌写作而言是有益的。"一枚琥珀在我们的行李箱里闪亮，宛若初生。"（《立春》）与此相应，杨碧薇的每一首诗都注明了极其明确的写作地点和时间，是日记、行迹和本事的结合体。读杨碧薇的诗，最深的体会是，她好像是一个一直在生活和诗歌中行走而难以停顿的人，是时刻准备"去火星旅行"的人。杨碧薇的诗有谣曲、说唱和轻摇滚的属性，大胆、果断、逆行，也有难得的自省能力。无论是在价值判断上还是在诗歌技术层面，她都能够做到"亦庄亦谐"。"诗与真"要求诗歌具备可信度，即诗歌必然是从骨缝中挤压出来的。这种"真"不只是关乎真诚和真知，还必然涵括一个诗人的贪嗔痴等世俗杂念。质言之，诗人应该捍卫的是诗歌的"提问方式"，即诗歌应该能够容留"不纯""不雅"与"不洁"，从而具备异质包容力和精神反刍力。与此同时，对那些在诗歌中具有精神洁癖的人，我一直持怀疑的态度，因为可读性绝对离不开可信性。杨碧薇敢于撕裂世相，也敢于自剖内视，而后者则更为不易。这是不彻底的诗和不纯粹的诗，半心而论，我更喜欢杨碧薇诗歌中的那份"不洁"和"杂质"，喜欢这种颗粒般的阻塞感和生命质感，因为它们并未经过刻意的打磨、修饰和上蜡的过程。

麦豆是80后诗人中我较早阅读的一位，那时他还在陕西商洛教书。麦豆诗歌的形制自觉感越来越突出，这也是一个诗人逐渐成熟的标志之一。麦豆的诗中闪着一个个碎片的亚光，这些碎片通过瞬间、物象、人物、经验，甚至超验的形式得以产生不同的精神质素。这是一个个恍惚而真切的时间碎片、生命样本、现实切片以及存在内核。与命运和时间、世相命题融合在一起的碎片更能够牵引我的视线，这是跨越了表象栅栏之后的空地，也表示世界以问题的形式重新开始。在追问、叩访、回溯和冥想中那些逝去之物和不可见之物重新找到了它们的影像或替身，它们再次通过词语的形式来到现场。比如："去河边散步 / 运气好时 / 会碰上一位像父亲的清洁工 / 划着船 / 在河面上捕捞垃圾 / 而不是鱼虾 // 运气再好些 / 会遇见一只疾飞的翠鸟 / 记忆中 / 至少已有十年 / 没有见到身披蓝绿羽毛的翠鸟 / 仿佛一个熟悉的词 / 在字典里 / 突然被看见 // 但近来运气每况愈下 / 平静的河面上 / 除去风 / 什么也没有 / 早晨的雾气消散得很快 / 父亲与翠鸟 / 被时光 / 永远拦在了一条河流的上游。"（《河流上游》）这些诗看起来是轻逸的，但是又具有小小的精神重力。"轻逸"风格的形成既来自一个诗人的世界观，又来自语言的重力、摩擦力、推进力所构成的话语策略，二者构成了米歇尔·福柯层面的"词与物"有效共振，以及卡尔维诺的"轻逸"和"重力"型的彼此校正。"世世代代的文学中可以说都存在着两种相互对立的倾向：一种倾向要把语言变成一种没有重量的东西，像云彩一样飘浮于各种东西之上，或者说像细微的尘埃，像磁场中向外辐射的磁力线；另一种倾向则要赋予语言以重量和厚度，使之与各种事物、物体或感觉一样具体。"（卡尔维诺：《美国讲稿》）它们是一个个细小的切口，是日常的所见、所闻、所感，是一个个与己有关又触类旁通的碎片，是日常情境和精神写实的互访与秘响。这些诗的沉思质地却一次次被擦亮。

认识熊曼转眼也好多年了。那时她还在武汉一个公园里的独栋小楼里当编辑，参加活动与人见面交流的时候几乎没有超过两句话。记得有一年我去扬州参加活动，熊曼在吃午饭的时候到了饭店，拉着一个不大不小的行李箱。我饭后下楼的时候，总觉得一个女孩子提着行李箱会让男人有些不自在，于是我帮她提着行李箱下楼，然后又一路拉回酒店。那时扬州正值春天，但那时的扬州已经不是唐宋时期的扬州。过度消耗的春天仍有杀伐之心，诗人必须有强大的心理准备，当然还必须具备当量足够的词语场，也许对于每一个诗人来说夜晚都是形而上的。"每天清晨我都要打开窗户"，对于熊曼而言这既是日常的时刻，又是认知自我和精神辨认的时刻。诗人总是需要一个位置来看待日常中的我与精神世界的复杂而多变的关系。围绕着我们的可见之物更多的是感受和常识的部分，而不可见之物则继续承担了诗歌中的疑问和终极命题，"但我知道世界不仅仅／由看得见的事物构成／还有那看不见的／因此每天清晨我都要打开窗户／让那看不见的事物进来／环绕着我／／仿佛这样才能安心／仿佛我是在等待着什么"（《无题》）。它们需要诗人的视线随之抬升或下降，也得以在此过程中认知个体存在的永远的局限和障碍，比如焦虑、孤独、恐惧、生死，"雨像一道栅栏／禁锢了我们向外部世界迈出的双足"（《初夏》）。在熊曼的诗中我们也常常遇到精神自我与日常家庭生活和社会景观叠加的各种镜像在一个人身上重组的过程，这是另一种社会教育，是不可避免的重复谈论的话题。任何一个写作者都会在诗中设置实有或虚拟的"深谈"对象，这是补偿甚至是救赎。情感、经验甚至超验体现在诗歌中实际上并无高下之别，关键在于它们传达的方式以及可能性，在于它们是否能够再次撬动或触发我们精神世界中的那些开关按钮。

康雪更为关注的是习焉不察的日常细节和场景所携带的特殊的精神信息。这些精神信息与其个体的感受、想象是时时生长在一起的。这是剪除了表象枝蔓之后的一种自然、原生、精简而又直取核心的话语方式。康雪的诗让我想到了"如其所是"和"如是我闻"。"如其所是"印证了"事物都完全建立在自己的形状上"（谢默斯·希尼），是目击的物体系及其本来面目，其更多诉诸视觉观瞻、襟怀，以及因人而异、因时而别的取景框。"如是我闻"则强化的是主体性的精神自审和现象学还原，是对话、辨认或自我盘诘之中的精神生活和知性载力。"最后一次在云南泸沽湖边的 / 小村子 / 看到一株向日葵，开出了 / 七八朵花 / 每一朵都有不同的表情 // 这是一种让我望尘莫及的能力 / 我从来没法，让一个孤零零的肉体 / 看起来很热闹。"（《特异功能》）确实，康雪的写作更接近"捕露者"的动作和内在动因。"在刚过去的清晨，我跪在地上 / 渴望再一次通过露珠 / 与另外的世界 / 取得联系 / 我想倾听到什么？"（《捕露者》）如露如电，如梦幻泡影。如此易逝的、脆弱的、短暂的时刻，只有在精敏而易感的诗人那里才能重新找回记忆的相框，而这一相框又以外物凝视和自我剖析的方式展现出来。康雪的诗中一直闪着斑驳的光影，有的事物在难得的光照中，更多的事物则在阴影里。这既是近乎残酷的时间法则，又是同样残酷的世相本身。"太阳对于穷人多么重要 / 在屋顶，我们能得到的更多 // 并不会有很多这样的日子 / 可以什么都不做 / 一直坐在光照耀的地方—— // 有三只羊在吃灌木上的叶子 / 我的女儿趴在栏杆边看得入迷 / 她后脑勺上的头发闪着光。"（《晴天在屋顶避难的人》）

　　林珊的诗歌不乏情感的自白和心理剖析的冲动，这代表了个体的不甘或白日梦般的愿景。而我更为看重的是那些更带有不可知的命运感和略带虚无的诗作，它们如同命运的芒刺或闪电本身的旁敲侧击，犹如永远不可能探问清楚而又令人恐慌和惊颤的精神渊薮。"父亲，空山寂寂，我是唯一 / 在黄昏的雨中 / 走向深山的人 / 为了遇见更多的雨，我走进更多的 / 漫无尽头的雨中 / 沿途的风声漫过来 / 啾啾的鸟鸣落下来 / 现在，拾级而上的天空，倾斜，浮动 / 枯黄的松针颤抖，翻转，坠入草丛 / 雾霭茫茫啊 / 万千雨水在易逝的寂静中破裂，聚集。"（《家书：雨中重访梅子山》）"父亲"代表的并不单是家族谱系的命运牵连，而是精神对话所需的命运伙伴，就如林珊《最好的秋天》中反复现身的"鲁米先生"一样，他一次次让对方产生似真似幻而又无法破解的谜题，诚如无边无际的迷茫雨阵和寒冷中微微颤抖的事物。"雨"和"父亲"交织在一起让我想到的必然是当年博尔赫斯创作的《雨》，二者体现出互文的质素。"突然间黄昏变得明亮／因为此刻正有细雨在落下／或曾经落下／下雨无疑是在过去发生的一件事／／谁听见雨落下／谁就回想起那个时候幸福的命运／向他呈现了一朵叫作玫瑰的花／和它奇妙的鲜红的色彩／／这蒙住了窗玻璃的细雨／必将在被遗弃的郊外／在某个不复存在的庭院里洗亮／／架上的黑葡萄潮湿的暮色／带给我一个声音我渴望的声音／我的父亲回来了他没有死去。"这是迷津的一次次重临，诗歌再一次以疑问的方式面对时间和整个世界幽深的纹理和沟壑。猝然降临又倏忽永逝是时间的法则，也是命运的真相，而最终只能由诗人和词语一起来担当渐渐压下来的负荷。

我和李壮曾经是同事，日常相熟，他的评论和即兴发言都让人刮目相看，他一直在写诗我也是心知肚明。李壮还爱踢足球，但是因为我没有亲历，所以对他的球技倒是更为好奇。诗歌从来都不是"绝对真理"，而是类似于语言和精神的"结石"，它们于日常情境中撕开了一个时间的裂口，里面瞬息迸发出来的记忆和感受粒子硌疼了我们。在词语世界，我看到了一个严肃的李壮，纠结的李壮，无厘头的、戏谑的李壮，以及失眠、略带疲倦和偶尔分裂的李壮。"这个叫李壮的人／全裸着站在镜子里／我好像从来不曾认识过他。"（《这个叫李壮的人》）每一个人都是一个星球，也是一座孤岛。李壮的诗歌视界带来的是一个又一个或大或小、或具体或虚化的线头、空间和场所，它们印证了一个人的空间经验是如此碎片化而又转瞬即逝。这个时代的人们及其经验越来越相似而趋于同质化，诗歌则成为维护自我、差异的最后领地或飞地，这也是匆促、游荡、茫然的现代性面孔的心理舒缓和补偿机制。尤其当这一空间视野被放置在迷乱而莫名的社会景观当中的时候，诗人更容易被庞然大物所形成的幻觉遮蔽视线，这正需要诗人去拨开现实的雾障。速度史取代了以往固态的记忆史，而现实空间也正变得越来越魔幻和不可思议。在加速度运行的整体时间面前，诗人必须时刻留意身后以及周边的事物，如此他的精神视野才不致被加速度法强行割裂。凝视的时刻被彻底打破了，登高望远的传统已终止，代之而起的是一个个无比碎裂而又怪诞的时刻。《李壮坐在混凝土桥塔顶上》通过一个特殊的观察位置为我们揭开了一个无比戏剧化的城市密闭空间和怪异的具有巨大稀释效果的现代性景观。"古人沉淀于江底的声音在极短一瞬 / 被车流松开了离合 / 一只猫的梦里闪过马赛克花屏 // 也必然是在这样的时刻，李壮 / 会坐到未完工的混凝土桥塔顶上 / 坐到断绝的水上和无梯的空中 // 会朝我笑着打出一个响指 / 隔着39楼酒店房间的全密闭玻璃 / 我仍确信我听到了。"如果诗人对自我以及外物丧失了凝视的耐心，那么一切都将是模糊的、匆促的碎片和马赛克，一个诗人的精神襟怀和能见度也就根本无从谈及。所以，诗人的辨识能力和存疑精神尤为关键，这也就是里尔克所说的"球形经验"。"羞耻得像雪，就只应该降临在夜里 / 第二天当我推开门 / 已不能分辨其中任何一片被称作雪的事物 / 我

只能分辨这人世被盖住的／和盖不住的部分。因此雪也是没有的。"（《没有雪》）

高璨的诗，这是我第一次集中阅读。她的诗中一直有"梦幻"的成分，比如"月亮""星星""星空""梦"反复出现于她的诗中。但是更引起我注意的是那些通过物象和场景能够将精神视线予以抬升或下沉的部分，比如《河流的尽头》《静物》这样的诗。它们印证了诗人的凝视能力和微观视野，类似于"须弥纳于芥子"般的坛城或戴维·乔治·哈斯凯尔的"看不见的森林"，这也验证了"词与物"的生成和有效的前提。器物性和时间以及命运如此复杂地绕结在一起。器物即历史，细节即象征，物象即过程。这让我想到的是1935年海德格尔在《艺术作品的本源》中对凡·高笔下农鞋的现象学还原。这是存在意识之下时间和记忆对物的凝视，这是精神能动的时刻，是生命和终极之物在器具上的呈现、还原和复活。"从鞋具磨损的内部那黑洞洞的敞口中，凝聚着劳动步履的艰辛。这硬邦邦、沉甸甸的破旧农鞋里，聚积着那寒风陡峭中迈动在一望无际的永远单调的田垄上的步履的坚韧和滞缓。鞋皮上沾着湿润而肥沃的泥土。暮色降临，这双鞋在田野小径上踽踽而行。在这鞋具里，回响着大地无声的召唤，显示着大地对成熟谷物的宁静馈赠，表征着大地在冬闲的荒芜田野里朦胧的冬眠。这器具浸透着对面包的稳靠性的无怨无艾的焦虑，以及那战胜了贫困的无言的喜悦，隐含着分娩阵痛时的哆嗦、死亡逼近时的战栗。这器具属于大地，它在农妇的世界里得到保存。正是由于这种保存的归属关系，器具本身才得以出现而得以自持。"当诗歌指向了终极之物和象征场景的时候，人与世界的关系就带有了时间性和象征性，"物"已不再是日常的物象，而是心象和终极问题的对应，具有了超时间的本质。"在今天，飞机和电话固然是与我们最切近的物了，但当我们意指终极之物时，我们却在想完全不同的东西。终极之物，那是死亡和审判。总的说来，物这个词语在这里是任何全然不是虚无的东西。根据这个意义，艺术作品也是一种物，只要它是某种存在者的话。"（海德格尔：《艺术作品的本源》）

粗略地说了说我对这八位诗人粗疏的阅读印象，实际上我们对诗歌往往怀有苛刻而又宽容的矛盾态度。任何人所看到的世界都是有限的，而对不可见之物以及视而不见的类似于"房间中的大象"的庞然大物予以精神透视，这体现的正是诗人的精神能见度和求真意志。

在行文即将结束的时候，我想到其中一位诗人所说的：

你决定停止
早就是这样：你看清的越来越多
写下的，越来越少

2021 年 5 月于北京

目录

第一辑　收药是一种什么工作

第二辑　塑料花是一种什么花

第三辑　蓝色是一种什么颜色

收药是一种什么工作

第一辑

又见鹧鸪

它们整日在树丛里
追逐，嬉戏，觅食
与它们的父母为邻
让我想到我的童年

树丛里布满白色的
垃圾，碎裂的水泥
石子，苦涩的树叶
而不是幸运的弃橘

它们在其中鸣叫
鸣叫声尖细瘦弱
好心人给它们水
用一个白色瓶子

可它们并不领情
它们终日在枯叶
间寻找翻腾。只
信任幽暗的土地

水泡

雨后，在重力作用下
雨水从树叶上滴进水洼

即将消失的水泡因此
不停从浑水中冒出脑袋

大多数水泡来不及观望
便迅速炸裂，消失
它们的内部太空了

但即使它们的存在不到一秒
你还是牢牢记住了它们

印象清晰：一个半圆
倒扣在混浊的水洼里

你盯着它们观察片刻
始终无法理解"瞬间"一词

但你猜测它约等于永恒

当你进一步偏离主题
对面的绿灯亮了，催你上路

小雨

雨中有一只鸟

像一块石头

停在树上

任雨水将它的羽毛打湿

雨中有园丁

穿着橙色的马甲

蓝色的裤子

像绿色永不消逝的一部分

雨中有蚂蚁

汽车一样爬行的甲壳虫

操场上的孩子喊着跳着奔跑着

像一段永久的回忆

午后的小雨

独自飘落了一会儿

但所有人都对它视而不见

它便渐渐地，停了

河流上游

去河边散步

运气好时

会碰上一位像父亲的清洁工

划着船

在河面上捕捞垃圾

而不是鱼虾

运气再好些

会遇见一只疾飞的翠鸟

记忆中

至少已有十年

没有见到身披蓝绿羽毛的翠鸟

仿佛一个熟悉的词

在字典里

突然被看见

但近来运气每况愈下

平静的河面上

除去风

什么也没有

早晨的雾气消散得很快

父亲与翠鸟

被时光

永远拦在了一条河流的上游

快餐时代

五楼将我送到树顶

与我沿着

一棵树爬到它的树顶

感受完全不同——

沿着一棵树爬到它的树顶

你能感受到它

是一个生命体

它喜欢你还是憎恶你

可以从它叶片的气息中

判断出来

你随时都有一种会从

它枝干上被甩下去的紧张感

但五楼不会给你这些

触动灵魂的瞬间

五楼只会给你沉默

与树冠们对视

抽着一支烟

沉溺于头顶的乌云

上体育课的老师和孩子

吹口哨的人

让我停下脚步

栅栏那边

一群跑步的孩子

正在上课

天空飘着小雨

但孩子们

谁都不愿回到教室

年轻的

体育老师

只好

继续

吹着口哨

让他们在雨中

练习跑步

淘金记

和儿子逛公园

在小路旁

发现一块

金矿石在闪光

金子在石头里

我蹲下来

捡起它，思索

如何将金子

从石头里取出

儿子独自

朝前走去

……

办法倒有

建一个工厂

……

下一个问题

是要找到

那座有金子的山

……

找到它

就能发财

……

不知过了多久，

儿子又走回来

催促我回家

……

难得的周末

一块金矿石

在阳光下闪闪发光

河水抽干

河水抽干

从河里打捞上来五辆

共享单车

用高压水枪

冲洗一下

依然崭新

清水懂得它们

我这样想

清水也懂得我们

清水重新使我们干净

收药是一种什么工作

有一个人在路边收药

收药的牌子

插在草丛里

他在一旁玩手机

他一边玩手机

一边抽着烟

路过的人

从他身边匆匆路过

天快晌午了

他仍悠闲地坐在摩托车的后座上

跷着二郎腿

午休的筑路工人

他们躺在河岸边的小路上

赤裸着上半身

空气灼热

他们在午休

正午的太阳透过树缝

仍照着他们的脸

蚊虫不时叮咬

他们的胳膊和腿

他们紧闭双眼

一动不动

疲惫让他们

对身边的世界已不再关心

一顶正在腐烂的草帽

一顶再也无人需要的草帽

独自在草丛里腐烂

戴它的人扔掉了它

它是割草人顶着烈日

割草的象征

它的内部浸透了他的汗水

但如今秋天就要来了

最后一茬青草

将在霜降时分自然枯萎

这顶割草人戴过的草帽

将与割草人一起

消失在曾经茂盛的草丛里

雨中的翅膀

当我将它看成一只
喜鹊，在雨中飞翔的喜鹊

它便会无缘无故朝我袭来
像一只陌生的猛禽

觅食使它在雨中低飞
而不是它的翅膀

飞也不是它的理想
只是食物匮乏的一种补偿

当我反刍这种理解
我回忆起我的父母

也曾在类似的雨中
带着我们四处觅食

我们拖着潮湿的翅膀

在雨中走，仅仅为了活着

路过一片草坪

没有被修剪的半边草坪上

跳着几只喜鹊，估计

它的草叶上仍然挂着露珠

草丛里的虫子仍在做着美梦

被修剪过的半边草坪上

躺着数只肚子鼓胀的黑色塑料袋

像是从海里冲上岸边的

死去的鱼类

深秋

都已经是中午了
空气仍然有点凉
因为公事，我来到室外

孩子们在操场上
蹦着，跑着，跳着，笑着
他们在长大

雾刚刚散去
楼房的影子微微向西北倾斜
太阳正赶往南方

有一种感觉
我被它捕获了
但仍感到幸运

灼华诗丛／幼儿园门口的栅栏

幼儿园门口的栅栏

与白色栅栏相对的
是黑色的栅栏
而不是没有栅栏

也有绿色
或者其他颜色的栅栏
在幼儿园门口

尖尖的立杆
两根之间
半个小脑袋大的距离

都是为了人
以及他的记忆
而设置

为什么是一根香蕉

每个吃完午饭的人，都从食堂师傅面前

取走属于自己的那根香蕉

我也不例外

之后不久

我顺手剥开了香蕉

三口并两口吞下了它粉白的肉

金黄色的香蕉

很甜

吃完香蕉

我顺便瞄了一眼同事的桌子

她的香蕉还在

她的那根香蕉仍然在她的两手间躺着

好像还没有吃它的打算

这让我突然感到苦恼——

为什么是一根香蕉，而不是一个苹果

五月，麻田路

五月，麻田路

人间的许多别墅

无人居住

铁栅栏在空气中安静地生着红锈

五月，院子里的枇杷熟了

掉在地上，开始腐烂

围墙边的芭蕉

结出巨大的青果子，将自己压弯

爱吃麻雀的白猫

早晨放的一堆米

到黄昏

只剩下少许

真好，麻雀越来越多

那只爱吃麻雀的白猫

也被我们喂得很饱

趴在亭子里睡觉

我们从它身边走过，忍不住笑出声来

周末，邻居家晾衣架上的衣服

早晨，它们随风飘了一阵

便停下来

接受烈日的暴晒

下午出门前，我又看了一眼

它们还在。天要下雨

晚饭前，我在厨房炒菜

我又盯着它们

看了一会儿——

天慢慢黑下来

喝酒的人

空酒瓶

塞在树下的草丛中

还不够隐蔽

被我发现

三个空酒瓶

因为写诗

我发现了它们

不在我们的垃圾桶里

喝酒的人

他们只关心瓶里的酒

不会像我一样

关心空酒瓶

一条死鱼

一条鱼，已经足够大了
它才死掉

它从一条小鱼，喝水
每天喝大量的污水
才能长成一条大鱼

现在，它死了
被从河面上捞起

人类没有享用它
它的身上伏满绿色的苍蝇

命运这样安排它
不停长大，然后死掉

然后，遇见写诗的我
一滴眼泪都没有

洒水车司机

路上的洒水车

看见路边

站着聊天的我们

收起水枪

大雨欲来

但洒水车

仍像往常一样洒水

我们刚想说它

蠢的时候

我们停止了交谈

我们看见司机

盯着我们看了一眼

收起了水枪

清洁工

我们在休息
他在窗外劳作

雨停了
但太阳又出来了

躺在空调房里
我想象着他的热

想象他的汗水
顺着脸颊往下流淌

在他那里
风似乎完全停了

格桑花

泥土中

没有雪

但有碎石

两个推着手推车的女人

在午间

细雨中

戴着草帽

将石子从土里

挑出来

装进蛇皮袋

一趟一趟

运走

去年冬

下雪那天

我也为她们写过一首诗

她们也是这样干的

被她们整理过的

土地

围着学校的

操场和教学楼

开满鲜艳的格桑花

去世多年的祖母回来了

午休时

隔壁

祖母的

电视机

一直在响

她躺在夏日的竹椅上

看电视

朦胧中

隔壁的

电视机

一直在脑袋里混响

朦胧中

我知道

是祖母

回来了

可我

怎么也无法从梦里醒来

躺在人行道上的那个人

那仍是一个活着的人

上身赤裸

躺在有树荫的

人行道上

从他身边经过

我疑心他中暑

昏迷了

谁知他突然翻了个身

将脸转向灌木丛

他的后背

沾满了灰尘

他睁着深陷的眼睛望着天空

一眨不眨

他翻来覆去

始终无法入睡

身下的石材太硬了

汽车在不远处来回穿梭

蚊子在他裸露的身上

叮来叮去

他躺了一会儿

坐起来

地上的石板太热了

土地也不接受

一位老人

不顾尊严地活着

偶遇一个流浪汉

一个赤身裸体的流浪汉

不见了。他的内裤

挂在路边的栅栏上

他躺过的地面，尚有人形

他吸过的烟

只剩下一堆烟头

他喝过的娃哈哈

只剩下一个空瓶子，让我想到我的孩子

一个流浪汉在我之前

曾来过此地，一条马路边

但现在他像一个幽灵

在正午的烈日下消失了

吃包子的女人

已经很老了

站在马路边的她

在吃一个包子

一口，一口

像一个孩子

咬着她的包子

她的头发已经白了

她吃包子的动作

非常缓慢

她背着背包

站在路边吃包子

像她这样的老人

妈妈已经死了

但令我不解的是

她仍像一个小女孩

头发全白了

站在人类的马路边

一口，一口

吃着她的青菜包子

灼华诗丛／幼儿园门口的栅栏

遥远的生活

有人将喝干净的果冻袋子

吹了口气，扔在路边的

自行车篮子里

我知道它是空的

有人将正在腐烂的橘子扔掉

我知道它们其中有橘瓣

仍然甘甜

有人将啤酒瓶故意敲碎

扔在河岸上

但我知道，日子艰难的时候

碎玻璃也可以

捡起来，装进绿色蛇皮袋

背到废品收购站卖钱

遥远的生活中发生过一些难堪的事情

但它们的真实使我更加富有

卖早餐的人

先前是一个帅小伙儿
站在小区门口，卖早餐

路过的我们叹息
又帅又年轻，真可惜

现在换成了一个跛足的
中年妇女，生意已大不如前

但生活永远需要她，站在那里
卖着我们需要的热包子

一个卖橘子的人

我说是女人

妻子说是

一个男人

我们都看见了

那个站在

马路边

黑暗中

卖橘子的人

黄色的橘子

闪着微弱的光

只是他

背对着路人

我们无法确定

他的性别

我不知道

我们散步回来的途中

为何争论

他的性别

他只是一个在夜晚卖橘子的人

我没有让座

一个上车

就站在我身边的

老太太

白发苍苍

颤颤巍巍

但我没有看见她

全车人

都没有看见她

我是真的

睡着了

我上车就一直

昏睡不醒

迷迷糊糊中

我以为

是母亲

一直站着

在我身边

爸爸

冷落一个人

很简单

不理他

任他说什么

也不搭理他

然后

起身离开

留他一个人坐在空荡荡的大厅里

任他自言自语

这令我痛苦

我为什么不

搭理他

记忆中

这个人

许多年后

仍坐在大厅的那张黑色沙发上

仍无法移动

在记忆的一个角落里

坐着，已经

白发苍苍

灼华诗丛／幼儿园门口的栅栏

真理之路

这是一条隐蔽的路

在富人区

常年无人行走

一群建筑工人

正忙着熔化沥青

修补路面

空气中弥漫着蓝色的烟

就像在做饭

嗯，人群外

有一条真理之路……

新路

这已是一条新路

夏天已过半

当我再次

走在它的盲道上

想象身后

有一个男孩

追上我

拍一下后背

然后蹲下身子

准备吓我

但我始终

没有回头

我知道这条路上

只有我一人

只有我

还会冒着细雨

从它的南头

走到北头

再转身返回

从北头

回到它的南头

树冠

如厕完毕，起身

打开厕所的

窗户，突然

被窗外的波浪所吸引

晨风吹着树冠

波浪正在其上

涌动

这个孤独的时刻

树冠们

化身海洋

在晨光中嬉戏

但波浪并不

走远

它们只是不停地涌动，涌动

从深深的地下向上翻腾

我看见它们

为我而来——

人类的窗户后面藏着一条鲸鱼

它是我的眼睛

也是我的耳朵

我们共用一个

涌动

如波浪一样的灵魂

在高架桥下等红灯

远方的尘埃

落在你头上

无缘无故落在你的头上

一个穿蓝色球衣的少年

站在十字路口

他在等红灯

他在倒着数数

远方的火车

迅速从他的头顶

掠过

周末

在人迹罕至的护堤坡下

河岸边

鹧鸪在林间踱步

一棵李子树

裸露着

新鲜的断面

李子树旁

绿色的草地上跳着两条大鲫鱼

钓鱼人

正对着它们

拍摄视频

或吃着树上摘下的红李子

这就是周末

无声的候鸟

很多鸟

很多时候

它们都闭口不语

它们只在低矮的林间空地上蹦跳

它们好像不会像人类午饭后那样

悠闲地迈着步子

它们总是蹦着

从一处移往另一处

用嘴拨着脚下的腐叶

弄出细微的声响

如果不去仔细观察它们

只任由自己想象

我会认为它们

整天在树上游荡，无所事事

相聚即离别

晚餐时分，它来到我的餐桌上
短暂的一生已让它足够丰腴

它被棉绳绑着，已经死了
身体经水蒸气熏蒸
已由青色变成红色
但仍像一个谜团

它从远方的湖底乘车而来
打听到我在人群中的住址

此刻，它借死亡先我返回
故乡，并邀我见证它的消失

小心剥开它的上壳，肢解
用舌头与牙齿体会它
曾经拥有的结实的身体

写下一首叫"雨"的诗歌

写下雨点

就像你亲手制造了它们

一个送外卖的人

在雨天的路上摔了一跤

他的饭盒

摔得满地皆是

因为你写下了这首叫"雨"的诗歌

他的处境十分困窘

网红松鼠

西湖边

动物园里

一只松鼠

成了网红

原因是

它敢与

人类接触

我仔细看了这段视频

视频中

它的身体

四个爪子

抓着树干

只将头

探往

一根玉米

亲密接触

并非

它与人类

之间的

接触

只是饥饿

使它

靠近了一根玉米

等待公交车

我们是陌生的
一群人
挤在站台上
从包中
掏出水杯
喝水
从裤子口袋
摸出手机
查看雨
是否会停

我们是相同的
一群乘客
互不相识
我们在等
同一班汽车
在同一个站台
同一个雨棚

同一张时间表

安排我们

站在一起

我们一切都准备好了

喝完水后

水杯放回了布包

查完天气

手机

重新放进裤子口袋

我们一边等车

一边做着

与在家里

一样的琐事

我们仍在等

等 61 路公交车

从公交站

缓缓开出

绕过那个拐角

朝我们

开过来

等蓝色的空座椅上

坐满我们

从一天

开进另一天

游荡

宠物在笼子里
所有店里的店主
都在店里忙碌
我被困在一条
街道上，游荡
她们去看电影了
我没带钥匙就
出了门。自由
就是在一条街上
游荡，无法回家
最终，我掏出
手机，在一家水果
店里，买了五个
橘子，提着它们
边走边吃。这样
我也算是一个有事
可做的人，至少在
别人看来，我并非

只是在街上游荡

我的手机快没电了

街道尽头，我在两

位老人坐着的石凳上

坐下，一边剥着橘子

一边在手机上写着

诗，想着可能的一生

未来

天空滴着雨

像云潮了

铺在天空晾晒

我经常忘记

云层后面还有太阳

我们在云下

沿着昨日走过的路

边走边聊

我们已习惯

在午饭后谈论遥远的

一些事物

仿佛它们是

我们未来的财富

在幻想中

我们会说出一些好句子

连自己

都觉得好笑

直到单位的铁门

再次开启

放我们进入

仿佛我们已经置身未来

但仍两手空空

又见秦淮河

河水在变冷

夏天的枇杷树，已被移走

站在柳树下钓鱼的人

消失不见了

只剩下一团团雾气

在初冬冷清的河岸边徘徊

运沙船曾经是河面上的

巨无霸，船首击起洁白的浪花

鸣着汽笛从入海方向驶来

日落时，又从西边

满舱青石而返

犁开的河水在记忆中不停翻腾

这一切都是因为梅雨

它连着下了数周

巡逻人员日夜在大堤上测量上升的水位

附近的居民晚饭后去大堤上散步

遛着他们的狗

并没有巡逻员们担心

他们当中有个渔夫

在人群中一遍遍将渔网撒入汹涌的洪水中

夜灯只照着他的脸

和他的渔网

洪水在夏末退去

犹如围观的人群，不知不觉间

带走了一切

挖掘机在秋天来到河边

开始清除一切草木

包括那三棵

赐予我们果子

没有主人的枇杷树

河流在中段被钢板们拦截起来，大批量

石头和树从远方赶来

加固河堤

死亡蛋糕被切开，一小块，一小块

供我们每日食用

这就是我们一去不返的生活

黄岩蜜橘

是否需要来自黄岩

黄岩是一个什么地方

我还未曾去过——

那里的泥土是什么颜色

那里的天气是否

总是晴朗，日照时间很长

那里的水喝进嘴里

总是很甜吗

蜜橘与蜜蜂是什么关系

花粉并不甜

经过蜜蜂的咀嚼

它才是甜的

黄岩蜜橘只是一个个黄色的小球

剥开它

数个多汁的橘瓣

围成一个结实的圈

所有的黄岩蜜橘都一样

在千万个球中

漂浮

一个在宇宙中即将消失的小球

黄岩蜜橘不需要它的黄岩

也不需要一个好听的名字

蜜橘

我们只需要它甜

需要它的身体

像水果店老板描述的那样

狂甜

雨中的喜鹊

那是一棵站在雨中的桂花树
十月底，它还在开花

那是两只站在桂花树上的灰喜鹊
细雨中，两只灰喜鹊在鸣叫

那就是一个普通的午后
它们的鸣叫声使我停下匆忙的脚步

那一天，我打着雨伞
我看见白色的雨丝在伞的边缘处飘飞

我感到我停了下来
就在我站立的地方，在喜鹊的鸣叫声里

稀薄的鸟鸣

鸟鸣所能给予的安慰

越来越少

当你沿着河岸走

河流正在带走我们

河水在上涨

河水上涨又意味着什么

暴雨中的世界

是新闻而不是回忆

第二辑

塑料花是一种什么花

十字路口

我们相遇

但不相撞

像两只蚂蚁

这就是奇迹

我们能

控制自己的方向

一个人的瞬间

一个身穿迷彩服

从土里钻出的人

扛着铁锹

沿着生锈的铁轨

朝前走

走走停停

弯腰捡起可能

引起火车侧翻

或脱轨的石子

越走越远

渐渐消失在

京广线

空荡荡的

某个拐弯处

我希望

雨中的叶子足够大

鸟足够小

抢修电路的工人

早点回家

猫

这是一只记忆中的猫
坐在黎明前的窗台上
舔着它带着血迹的两只前爪

它刚从宁静的田野归来
太阳升起之前
它在放松中等待我们醒来

一个缩小的豹的身影
坐在毛茸茸的宁静里
身上的露水正在消失

它刚从蟋蟀、田鼠、蛇
一个个不停忙碌、飞奔的
夜的世界回来，它在回味

太阳升起后，它将敏捷地
从窗台上跃下，闭眼休息

将一个捕猎的世界归还给我们

它在我们当中温驯地活着
仅仅给我们一张猫的面孔
和一双梦一样幽深的眼睛

萨克斯

断断续续的萨克斯
我们循声而至
吸引我们的也许是
萨克斯的断断续续

吹它的人是一位老者
他的听众除他自己外
还有——一条小河，杨柳，飞鸟
或更小的柳树上爬行的黑蚂蚁

在断断续续的乐声中静坐一会儿
我发现我无法期待它更加流畅
我发现我一旦认真听他吹奏
便会想些与萨克斯无关的事

春天

红花开在高处

鸟栖在更高处

足够安全

危险的是我

花香浓郁

鸟鸣声将我围进栅栏

蜜蜂与花

我们喜爱花
甚于喜爱蜜蜂

我们将花枝
纷纷折进花瓶

塑料花

我们盗用一朵花的

信息，重新制造它

即使在风雨天

它们也那么完美

即使在冬天

它们也不凋谢

我们把一朵花最好的

部分，与它分离开来

12月14日，初雪

是这样一个时刻，打开清晨的窗户

记忆已是梦的一部分

飞鸟划过屋脊，它不是飞鸟，是寒风中的

一片树叶。太阳照着蓝色的雪

阳光不再刺眼，兔子在雪上

留下一行清晰的脚印，没有兔子

全村人站在一条河的河面上聊天，跺脚

不用担心冰层碎裂

河水弄湿棉鞋

时间让它们统统沦为梦境

在梦里，兔子开口说话，求猎人

饶它一命，麻雀成排

站在电线上，一声枪响，将它们全部惊散

我们钻开厚厚的冰

另一种以捕鱼为生值得同情的动物

已经到了这样一个时刻，雪后的窗户里

只有我，铁栅栏，覆盖

薄雪的屋脊

飞鸟，兔子脚印，蓝色的光，湿透的棉鞋

记忆已是生活的一部分

它们已连同梦，在太阳升起之后

消失得无影无踪

寻狗启事

找狗的人

将被暴雨淋模糊的

"寻狗启事"

揭下

重新刷胶

贴上一张新的

他的柯基

被四月的一声响雷

惊断锁链

冲进暴雨中

再没回家

五千元赏金

令我忧伤

我想到我

离家出走的

大姨父

大姨已去世多年

表哥仍四处打听

可能活着的父亲

四月

四月已过
我终于拥有了它

但同时感到极度疲倦
我已永远失去了它

布谷鸟

五月的某个深夜

我从梦里醒来

在布谷鸟的叫声里

听出了离愁

妻子在身旁躺着

她也醒着

我们的呼吸几近于无

我们并排躺着

彼此

都不说话

用心听着布谷鸟的每一声鸣叫

黑暗中

我感到它

在跟我们告别

印象中的女性

她将一台微型风扇

挂在胸前

天气太热了

散步需要它

这不是我印象中的加布里埃·香奈儿

她的脖子上

挂着永恒的星星

流浪汉

当饥饿的鹧鸪

从枝头落下

在他坐过的地方长久停留

吃着金子一样珍贵的饼屑

当一个人消失之后

他会去往何处

当太阳继续升起，他将继续

在世间，流浪

祈祷词

真正不朽的交流

永远是风

使高出河面的绿叶

轻轻摇曳

永远是你

在河边的一块石头上

稍坐片刻

听见自己在说——

午间

白鸟在河面上被迫飞来飞去
两岸皆是走动的人，无法立足

青色且酸涩的杏子正在被采摘
路人禁不住那条蛇的引诱

午间，我走在河流的西边
青蛙停止鸣叫，沉入水底

钓鱼人渐渐融入石雕
与一条河流同时枯萎

五月

五月，白玉兰打开它

洁白的花朵

再一次，用美

向我们展示

存在的瞬间

我喜欢

我喜欢苹果

胜过石像

苹果会说话

但石像不会

苹果会描述

田野，及其无名的花草

摘它的那只手

很痛。从舌头开始的甜

但石像不会

如果它开口——

只会给你讲述一个老掉牙的历史故事

带着训诫的口吻

起点

人们可以在途中

任何一个路段

插上一块牌子

上书：起点

有何不可呢

如果你认真思考过——

这是一趟有去无回的旅途

这是你的旅途

又见白鸟

白鸟贴着河面飞行

我终日观察它

洁白与飞——

是否真的是我所需

如果我就是那只

在混浊水面上飞的白鸟

我的处境——

将更加危险

河流到底在给予我们什么

童年的河流

显得很不真实

我们从中

用木桶取水

赤脚在其中走来走去

感受水的凉意

如今改用自来水管供水

让我想到

我们要的只是水

而不是河流

但这种确定让我疑惑——

水管中的水

与河流中的水

现在的我与曾经的我

谁更接近

那真实的水——

河流到底在给予我们什么

初夏

真正的夏天还没来

但户外的太阳

已经足够

让你在正午感到热得难受

其时，风和水

有着比你还低的温度

树下的那把椅子

你想象着你应该坐在那里

取悦自己就是意义

有人喜欢午休

有人喜欢在午休时

散步

我们的路径不同

但终点一致——

取悦自己

玫瑰

因为匮乏

我们说它是红的，是香的

是美丽的

身体一瓣一瓣

甚至有人把它

比作爱情

捧在手上

送给另一个人

雨中的候鸟

候鸟在鸣叫

细雨中

很少有人

听见它的叫声

听见的这人

加快了脚步

身上的衣服

只有薄薄一层

一个步行途中写诗的人

从家到单位

每天我都要步行一会儿

途中我掏出笔

在纸上写下几句

有时，遇到红灯

我就干脆站在人群中写

我喜欢步行

小时候上学

我也是步行

后来上高中

学校离家八十公里

周末回家

我还是步行

每当太阳下山

星星布满夜空

我回到家中

内心总是充满喜悦

一个人步行

即使再快

他也有时间记录

途中所见所闻

这就是我的创作

它在途中完成

我希望我死后

别人介绍我时

说我是一位

喜欢在早晨上班途中

边走边写的诗人

他生活在城市

却常常拒绝坐车

他在步行中

体会到的乐趣

已被人们遗忘很久

六月的父亲

从去年冬天起

已经七个月

也许是一年

我再没给父亲拨打电话

现在是六月

农村应该在收小麦

但今年

我们家没种小麦

往年这个时候

他在兴奋地

磨着镰刀，准备割麦

但今年，此刻

他在做什么呢

他将农村的土地

撂荒，来城里

帮我带孩子

但新工作对于他

难度太大

挤在人群中买菜

怕孩子丢了

与陌生人交流

不会说普通话

我又让他回老家

他沉默着走了

土地长满荒草

孩子又带不上

父亲，这种痛苦

这种无的痛苦

父亲，除去你

还有谁愿意承受

一只羊之死

一只母羊

它的一生从没生过病

它生病

我们也不知道

也不会给它请一个医生

但因为生小羊

意外躺下的那一次不算

那是初冬的一个下午

我守着它

一只子宫脱落的母羊

我读高中三年

它已连续生下九只健康的小羊

补贴家用

顶上农村的一个劳动力

我捧着它的子宫

双手都是血

焦急地望着田野尽头——

去请兽医的母亲

她终于小跑着从田埂上回来了

兽医稍后即到，她说

然后母亲和我就一直坐在田野上等

直到黄昏，第二天

母羊的衣胞已经干了

那个打了一宿麻将的兽医才匆匆赶来

没救了

他宣布

三只刚刚出生的小羊

正站在奄奄一息的母羊身上咩咩叫

母亲在哭

昨天傍晚

母羊就被我们抬回家中

田野上太冷

父亲和母亲整夜都在羊的身边，给它生火

把棉袄盖在羊的身上

我有一个认识的买羊人可以收购

价钱和活羊一样

兽医临走时撂下一句话

母亲一边擦着眼泪

一边跟他道别

躺在地上的那只母羊

微微睁着眼睛

它的疼痛即将消失——

我想我一生都无法忘记这件事情

炎热的中午

许多油桃

烂在了路边

很可惜

没有烂在人的嘴里

人类消失了

只留下一地油桃

在悔恨

在腐烂

老园丁

花园里浇水的老人

几个世纪以来一直站在那里浇水

身前的灌木从未干枯

身后的河流

反复被雨季填满

在人类拒绝出门的夏日正午

在没有乌云的天空

一个炽热的火球

唯一的太阳

照着他

雨后的人世

雨后的世界

是另一个

天空在低处

河流被均分

闷热暂时消失了

叶子在滴水

不可食的青果

挤满枝头

蜜蜂之死

暴雨之后

黑色的死亡在一只蜜蜂身上

显现出来

像一块石头压着它

另一只活着的蜜蜂

用爪子拖着它

可以看出用尽了全身力气

忍着悲伤

一只在河边洗澡的鸟

一个人不可能

在河边

永远看见那只陌生的鸟

在河的另一边

在浅水中

踱步

它一边用侧眼望着你

一边用嘴

将水

撩在背部的羽毛上

然后抖一下

将水珠

抖落

它用侧眼望着你

反复做着这个动作

但一个人的运气不可能永远这么好

当河流干枯

当它死了

或者多年后

我也已不在人世

赠夏日河流的八句

我希望是青蛙

代替钓鱼人蹲在河边的草丛里

我希望风吹过河面

被我们看见

我希望某条河流岸边的芦苇仍在那里

少年仍在

我希望河流永不干枯

天空时常下雨

水是什么

它昨天是雪

今天是冰

它变成水时，夜深人静

大家都睡着了

人们说它就是水

可我知道

它还会变成云

或一片树叶

惩罚

六月割草的人
太阳惩罚他们
像牲口一样流着汗

六月写诗的人
青草惩罚他
像一个孩子的父亲

六月正午，烈日中
上帝在惩罚三种事物：
青草，割草机，人类

没有内容的雪

不是冷的

甚至也不是白色的

我们在窗户里

谈论它

一个干净的词

在空气中飘

没有风

也没有绿色越冬的麦田

独自飘了一会儿

停下来

地面上什么也没有

没有冷

没有白色

马路边的杏树

杏子熟透

又酸又甜的六月底

马路边的杏树下

我们在搜寻幸存者

红灯停

死去多年的人

仍能看见自己的背影

沿着熟悉的围墙

向南走

在一个叫十字路口的地方

他停下来——

一盏红灯

继续对他说：不

蚂蟥

在一条快要干枯的黑色河流里

一只冒雨觅食的白鸟

叼起一条蚂蟥

腾空而去

当时我打着电话

正和朋友谈论一件美好的事

但就因为叮咬过我的蚂蟥

我挂掉了电话，一直望着鸟消失的方向

第三辑

蓝色是一种什么颜色

夜风

风吹开次卧室的门

在深夜

木地板发出足音

我没有回头

我知道是风

只有风才会关注

被生活淋湿的木地板

它比我更爱人间的房子

黄昏的窗口

飞鸟在黑夜降临前
飞过黄昏时分的窗口
它拥有了怎样的一天
它们，可有一扇窗户

一个不停旋转的世界：
早晨，太阳在东方
正午，太阳在南方
黄昏，它在忧伤的西方

写一首与人类有关的诗

光有一个脑袋是写不出

一首诗的，必须有树

从远方移植过来的

一棵大树，树上有

一个鹊巢，已经年久失修

一个无用的鸟窝

与离开了它的鸟

在我空空的脑袋里

写诗，写一首与人类有关的诗

对死亡说声"晚安"

一天将尽。一天已尽

黑夜已将人类摆放整齐，放进盒子

只留下一盏灯

独自对死亡说：抱歉……晚安

它

从早晨开始

太阳升起

它就存在

就在向你靠近

但直到太阳落下

你昏昏欲睡

异常疲倦的那一刻

它才从后面扑倒你

咬住你的脖子

你的一生

都是它的猎物

樱桃

先将樱桃树枝折断
再从枝上摘下樱桃

邻居向我描述
这样采摘的樱桃最新鲜

重要的时刻

在花前拍照
在夏日的树荫下坐着
这一刻，对于一个人
特别重要

你会指着那个人
盯着他的脸看
你看出了他的轻松
不曾为生存发愁

河中鱼

河水轻拍着河岸
钓鱼人不在
他的四根鱼竿都在
他去吃饭了

我希望聪明的鱼
在他吃饭的间隙
将他的鱼饵啃噬干净
然后高兴地游往别处

飞鸟

我不知道飞鸟是什么

它们在这个世界

扮演什么角色

有时，它们落在深秋

叶片稀少的树枝上

与即将凋零的叶子

没有区别，有时

它们在长途汽车的

座位上睡熟了

像快要走到终点的老人

厨师

他随便在路边

用剪刀

剪一些绿叶

放在众多的食物中间

看见它的顾客

都觉得新鲜

没有人问：

一条鱼为什么长着叶子呢

鸟鸣

一只鸟在树上鸣叫

听见的人很多

听懂的人很少

只有那些——

认为说话也是一种鸣叫的人

才能听懂鸟鸣——

一只鸟在与

另一只交流

试图生活得更好

鸟没有

人类有手

真是幸运

他们可以将路边树上的红李子

摘下，尝一口说：

不好吃

然后扔掉

但鸟没有

蜜蜂

蜜蜂爱世人吗

它们将蜂巢

筑在窨井盖的内壁上

世人不爱蜜蜂

多么令我忧伤的决定

当一只蜂王带领它的后代

在黑暗中

建造白色的蜂巢

永远的河流

鸟在南岸
孩子们在北岸

一条河流，永恒地
照顾着人类的两岸

劳有所获

劳有所获

我希望是

走在六月空空长长的桥面上

我希望正午的太阳照出我的影子

走在炎热的六月的正午

走在消失的旷野中

我希望能像父辈那样

劳有所获

送雷文

送走一个朋友
从地铁 2 号线
入口处，返回
沿着一条不熟悉的路

他的耳朵不是太好
我仍然想着他——
再见，再见啦
我朝他大声喊了两遍

林中小路上

不止一次
赐予我诗歌的飞鸟不见了

只留下一摊
淡蓝色的粪便

可以吃的浆果
已经吃完

它已无暇顾及
我的诗歌

父亲

父亲，你将我带来
我终将被你带走
父亲，中间的父亲
你为何在此停留

父亲，中间的父亲
死亡值得同情
它总是试图
孕育出永恒的生命

表演

午饭后散步

这是什么表演

它的观众又是谁

观众是否也感到厌烦……

新开的桂花

让我停下脚步

凋零的桂花树

再次让我停下脚步

沿途尽是词语

走在路上

像对着观众朗诵

一本诗集的一些句子

冬天的太阳

冬天的阳光，我们格外
关注它。近乎渴求——
我们关注的仍是它的温度
而不是它的象征意义

悬在头顶，它几乎
静止不动，它只关注
每个人对它的索取，除去
冷热，它关心灵魂甚少

六月的某个星期天

天空很蓝

适合散步

但这也只是我的想法

路上无人

高架桥上的汽车

蚂蚁一般忙碌

高架桥下六月的风

有七月的凉意

没有见过河流的少妇

散步至一条排污河

见一位少妇

在河边捡螺

屁股对着我

本想告诉她

河中螺

不可食

但转念一想

她又没有见过河流

跟她说了

也是白说

周末遥望翠屏山

几千年前的
旧居。埋古人的地方

没有重量的一堆石头
胡乱堆砌而成

路过十字路口

十字路口

与篱笆墙不一样

将手伸过篱笆

可以摘下一个桃子

十字路口

与篱笆墙一样

但它的另一边

没有桃树

谋生的噪音

烦人的噪音

来自一只电锯

但它的源头

是我热爱的青草

表达

电锯声在窗外

往心里钻

但仔细一想

便觉得

被自己

误导颇深

人世间

哪有

什么电锯在响

那是一个

区别于我的人

在劳作

在表达

散步

中午

鸟在鸣叫

我们在散步

河流在左侧

马路在右侧

河流里有鱼

虾，或者蚌

马路上有汽车

车里的人

正赶往某地

我们散步

连同头顶灰暗的天空

心里想着

整个世界

区别

太阳出来了
雨仍在下

父亲走出工棚
走进雨中继续干活

经验告诉他
雨不久就会停

但建造楼房
有别于种植玉米

一只蜻蜓死了

一只蜻蜓死了

但它的翅膀

和模糊的身体

还在——

它躺在路心

身体粘在了路面上

太阳已将它晒干

但彻底消失还要等待很多天

蚂蚁或诗

蚂蚁在路上爬

我知道

它遇见我

也不会看见我

就像我在路上

突然停下

不知是因为一只蚂蚁

还是这首诗

喜阴植物

它们的水

需要我们给予

用自来水管

但它们需要的光

我们无法给予

但可以给它

一个名字——

喜阴植物

尊严或活着

冬天，大雪纷飞之际
我再次凝视窗外的世界

大雪纷飞的世界里
活着的意义再次被我深思

那些在寒冷中呼吸的生命
应该有尊严地活着

否则，只有死亡
配得上一个白雪皑皑的世界

钓鱼人

钓鱼人将冰箱
带到了河边
将刚钓上的鱼
装进冰箱

我喜欢钓鱼
但我厌恶钓鱼人
将一条活鱼
直接装进冰箱

禁止停车

"禁止停车"

写满了整面白墙

白墙红字

像用一个人的血写的

一辆银色轿车

停在墙下

不知是谁的，像一种

新的教育

西瓜

剖开的西瓜

已在刀下

被分成了两半

裸露出红色的瓜瓤

就像风一样轻

一个憔悴的女人

推着三轮车

在人群中走着

一天

跑步的他们

早晨跑

天还没亮

他们就起床跑步

他们晚上跑

晚上十点

他们还在跑

我不跑步

我只在他们跑步的路上

从卖水果

和蔬菜的摊位前

匆匆经过

八月

炎热的夏季午后

太阳选择了一个流浪汉

替它在路上行走

无家可归

上帝也选中了他

让他赤脚在太阳下行走

且路过我们时

并未停留

洪水

一个女人对着镜头

对着我们所有人在哭

她的年纪尚轻

离死亡还早

她泣不成声

人们模糊听出

她的房子被洪水冲垮了

她的孩子还在房子里

真实的幻象

黄叶子

不停飘落

不停飘落

冬天便会到来

但这种真实

此刻只是一种幻象

此刻我正站在盛夏

在一棵绿树前发呆

墙

墙是一眼泉

可饮上一口

但不能迷恋

迷恋会让你爱上

与它无关的泉水

墙不是一眼泉

饮上一口

不能解渴

但满嘴泥灰

能够让你清醒过来

一枝月季出墙来

墙上有洞

是建造围墙的砖上有洞

是我们选择了有洞的砖

建造了我们的围墙

是那个想造出有洞墙砖的人

造出了有洞的墙砖

是月季让它的一根花枝

穿过墙洞

拦在我散步的途中

是我选择低头

从花枝下穿过

然后说出

一枝月季出墙来

蓝色是一种什么颜色

蓝色带来的不是忧郁

而是丰富

是白或单调的言说

让我厌倦

一排白色的铁杆

组成栅栏

已知的栅栏

我希望它不是栅栏

正确的栅栏

我希望问题从它开始

枯枝或其他

树上有一截枯枝

但不必担心

它会坠落

落在你的头上

你又没有伸手

摇晃一棵树

确认枯枝

已经不是树的一部分

在数学里凋零

一片叶子黄了

第二片叶子

跟着就会变黄

接着是整棵树

整棵树的叶子

按照顺序变黄

区别是

第一片叶子

在盛夏

就落了下来

而最后一片

叶子落下

已是深冬

一个判断

一个废弃的木箱

蜜蜂提示我

它可能是一个蜂箱

养蜂人抛弃了它

鹅卵石铺就的花纹

在画一个圆

那个无法达到

也无法超越的圆形

完整的事物

在我观察它们时

总向我呈现

它们缺失的部分

必须的散步

饭后，散步

在熟悉的路上

作短途旅行

我乐意见到事物

每天都变化一点

我知道那是

事物在完善自我

它们让我反思

人的本质就是无知

对熟悉保持无知

让我保持完整

记忆的合成

是走在树林里的那个人

吸引我回头

望向那片小树林

是那个穿着橙色衣服的人

穿过一片绿色的树林

吸引我望向她

她是一个穿着橙色

连衣裙的女人

迈着轻盈的步履

提着一个白色手提袋

除此以外，小树林

遮挡了我的视线

没有让我

对她留下更深的印象

印象

一个一边开车一边看手机的人
一个一边看手机一边开车的人

是同一个人。对他的不同描述
改变不了我对他的第一印象

风是思考的源泉

不远处

有三个人

没有性别

在移动

分不清

在面向我

还是背离我

在晃动

他们晃动

是因为路旁的树

在晃动

渐渐地

我不再关心他们

是否在动

我开始关心

使我思考的风

旱地芦苇

比起生在河边

对水无所渴求的那些芦苇

马路边青砖间

冒出的那些芦苇形象

更加真实

烈日下

蜷缩的叶片

让我喉结蠕动

我能清晰地感觉到它们

看见它们

并且说出芦苇

是什么

绿灯亮了

绿灯亮了

我就横穿马路

沿着脚下的路

笔直走下去

绿灯亮了

他没有穿过马路

十字路口

改变了他的想法

流浪猫

天黑了，一只猫

从马路左边走到马路右边

又从马路右边走到左边

是什么意思

天黑了，你在马路上游荡

是什么意思

天黑了，路灯依次亮了

但马路上的汽车并未停下

一只横穿马路的猫

随时会死在流浪的途中

大桥下，比手掌还大的绿叶

冬天也不枯萎、凋零

又是什么意思

悲伤是滞后的

一个事物

坏了

死了

不见了

消失了

不见得你当场就会流下眼泪

总要等很长时间之后

你发现它

坏了——

死了——

不见了——

消失了——

你才会突然难过

非常难过

我们

像什么，或是什么

这就是我们

希望一粒尘埃永恒

这就是我们

最伟大的时刻

发射一枚小小的飞行器

去另一个星球上

荒凉地站一会儿

雁南飞

是什么在喂养

天空中的一只飞雁

永恒不可见的粮食

使它飞过头顶

不倦的飞鸟啊

永远漂泊的灵魂

你是不可见的粮食

使我仰头凝望